¿Es hora?

Marilyn Janovitz

Traducido por Guillermo Gutiérrez

Ediciones Norte-Sur / New York

First Spanish language edition published in the United States in 1996 by
Ediciones Norte-Sur, an imprint of Nord-Süd Verlag AG, Gossau Zürich, Switzerland.
Distributed in the United States by North-South Books Inc., New York.

ISBN 1-55858-546-X (Spanish paperback)
1 3 5 7 9 PB 10 8 6 4 2
ISBN 1-55858-561-3 (Spanish hardcover)
1 3 5 7 9 TB 10 8 6 4 2

Printed in Belgium

¿Es hora de darse un chapuzón?

Sí, es hora de darse un chapuzón.

¿Es hora de lavarse con jabón?

Sí, es hora de lavarse con jabón.

Darse un chapuzón, lavarse con jabón.

¿Es hora de secarse el pelo?

Sí, es hora de secarse el pelo.

¿Es hora de aullar al cielo?

Sí, es hora de aullar al cielo.

Secarse el pelo, aullar al cielo,
darse un chapuzón, lavarse con jabón.

¿Es hora de limpiarse los colmillos?

Sí, es hora de limpiarse los colmillos.

¿Es hora de peinarse el flequillo?

Sí, es hora de peinarse el flequillo.

Limpiarse los colmillos, peinarse el flequillo,
secarse el pelo, aullar al cielo,
darse un chapuzón, lavarse con jabón.

¿Es hora de ponerse el piyama?

Sí, es hora de ponerse el piyama.

¿Es hora de irse a la cama?

Sí, es hora de irse a la cama.

Ponerse el piyama, irse a la cama,
limpiarse los colmillos, peinarse el flequillo,
secarse el pelo, aullar al cielo,
darse un chapuzón, lavarse con jabón.

Vamos, Lobito, es hora ya

de recibir el beso de papá.

Dar las buenas noches,

la luz apagar.

Ya llegó la hora

de ir a descansar,

soñar con ovejas y verlas pasar.